Giuseppe De Sanctis

Elodia

Dramma per musica

Antigonos

Giuseppe De Sanctis

Elodia

Dramma per musica

Ristampa immutata dell'edizione originale del 1836.

1ª edizione 2024 | ISBN: 978-3-38667-033-3

Antigonos Verlag è un marchio della Outlook Verlagsgesellschaft mbH.

Verlag (Editore): Outlook Verlag GmbH, Zeilweg 44, 60439 Frankfurt, Deutschland
Vertretungsberechtigt (Rappresentante autorizzato): E. Roepke, Zeilweg 44, 60439 Frankfurt, Deutschland
Druck (Tipografia): Libri Plureos GmbH, Friedensallee 273, 22763 Hamburg, Deutschland

ELODIA

DRAMMA
PER MUSICA

DEL

SIGNOR GIUSEPPE DE SANCTIS

AVELLINO

Presso i Socj Sandulli e Guerriero Tipografi
dell'Intendenza

1836

PERSONAGGI

Carlo il Temerario detto il Solitario

Elodia figlia del Conte di S. Mauro

Orsola Vecchia del Villaggio

Padre Anselmo Ajo di Elodia

Contessa Imberga madre adottiva di Elodia

Erberto Conte di Norindall

Principe di Palzo amante di Elodia

Una voce da dentro la scena.

— —

Soldati di Palzo

Soldati di Norindall

Coro di Donzelle e di contadini

— —

La scena è nella Valle di Underlach

ATTO PRIMO

SCENA PRIMA

GRAN SALA NELLA BADIA DI UNDERLACH

Coro di contadini, e il Principe Palzo.

Coro Lieto il Ciel per voi sorrida,
 Come l' ~~aura in primavera~~ :
 Alta gioja a voi ne arrida,
 Come l' angelo di amor,
 Che dispiega giorno e sera
 I suoi vanni di splendor.
Imeneo sue faci ardenti
 A voi rechi rispettoso,
 Sol per voi dei di ridenti
 Faccia l' astro scintillar.
 Di buon Prence — degno sposo
 Faccia il grido rimbombar.
Palz : Vi ringrazio : son tenuto
 All' ardor manifestato,
 Fidi miei io vi tributo
 Ogni affetto del mio cor.
 Questo giorno avventurato
 Io sol deggio al vostro amor.
Quà la pace la più pura
 Or germogli, come il fiore,
 Che riveste la Natura
 Di un' amabile beltà.
 Grazie scherzino, ed Amore
 In tal dì d' ilarità.

Coro La Contrada è tutta in festa :
       Arde ognun di affetto in seno :
       Sol ci molce, ci molesta
       D' un istante il dichinar.
       Ite al Tempio, e pago appieno
       Sia di Amore il palpitar.
Palz : Sì : vi andrò : in un sol baleno
       Vi prometto di appagar.
Coro Noi sciorremo al canto il freno
       Per la festa celebrar.

SCENA SECONDA

CAMPAGNA

Il Solitario.

Io quà la vidi - E quà le rivelai
   Dell' anima l' ardor - M' udì, l' accolse
   Con sentimenti di verace affetto :
   Allor mi scese in petto
   Un fuoco animator - Allor provai
   Tutta la prisca ilarità nel seno
   Il crucio ed il veleno
   Dei falli miei si dileguò qual vento ,
   E l' idea del tormento
   Sparì - cessò ! .   .
       Un soffio suo divino
       Il negro mio destino
       Spense - fugò.
Pace mi mise in core ,
       Calma , sorriso e amore
       In me tornò.

Io mi scordai le pene,
E sol d' un tanto bene
L' alma gustò.
Puro contento in seno
Di ogni letizia pieno
Vi ci brillò.

SCENA TERZA

Coro di donzelle, Elodia, e detto.

Coro   Come l' astro , che balena ,
Vago in Cielo in notte oscura
Tal tu fai di grazie piena
L' ampia mole di Natura.
E mortal ; che te rimira
Piange in core ; e sol sospira
Un tuo sguardo lusinghier.
Elod : Ma son io della sventura
Cura solo , e sol pensier.
(*il coro cessa*)
Io ti rinvengo alfin – D' alto segreto
La trama rivelar ti vò , m' ascolta
Che stà nel cor sepolta ! . .
Palzo desia la man , che a te promisi
Tremante un dì. E'l brama pur la Contessa,
Che forte prega anch' essa ,
E minaccia talor. Quindi ho ragione
Di ricorrere a te , perchè non s' osi
Violentar dell' alma mia l' idea !.....
Oppur svenata vittima
L' infame mi vedrà ,
Così la sete orribile
Dell' empio cesserà.

A te giurò quest' anima
Amore e fedeltà,
Per te saprà resistere
Ovver morir saprà.

Sol : Non dubitar bell' Angela
Il braccio mio qui sta,
Alcun, se ardisca tormiti
Pel ferro mio morrà.

Che se fortuna prospera
Per lui sorriderà
Il cor dal fral staccatosi
Al tuo si stringerà.

A 2. Come si forma il nido
La rondine industriosa,
E sull' istesso lido
Ciascuna si riposa,
E l' una la ventura
Dell' altra correr sa,
I nostri cori gustino
Ugual felicità.

Che se destino infausto
Sul capo nostro piomba
I frali nostri accolgansi
Dalla medesma tomba
Ove finisce il fomite
Di ogni calamità.

(*Il Solitario via*)

SCENA QUARTA

Camera nella Badia
Contessa Imberga, ed Elodia.

Contes : Altra fiamma tu serri nel petto,

   Onde spregi di Palzo la mano? . . . . .
Elod: Sono indegna d' un tanto soggetto :
   Io non merto un Signore , un Sovrano.
Contes: Io comando - Tu figlia mi sei :
   Ti son madre , ed impero su te.
Elod: Ingannare il mio cor non saprei
   Che per Palzo mai caldo si fè.
Contes: Dunque . . . .
Elod : Sappi dunque , che Palzo detesto ,
   Il suo Tron; la sua mano, il suo core
   Ogni cosa ricuso : calpesto
   La sua infamia di vil traditore !
   Chi al Sovrano ribelle si rese
   Un infame per certo egli s' è :
   Chi al delitto si spinse , si arrese
   Chiude il marchio di obbrobrio con sè.
Contes: Temeraria ! Rintuzzi i miei sensi
   La sua stima tu vulneri , e intacchi ?
   Il suo amore così tu compensi ,
   Un suo pari si oltraggi , e si smacchi ?
   D' una madre si poco ti cale
   L' amicizia , la stima , e l' ardor ?
   Il tuo bene tu cangi col male
   Non distingui le spine dai fior.
Elod: Deh perdona ! Un trasporto si forte
   Or mi spinse a repente furor.
   Se t' offesi ne incolpa la sorte ,
   Se resisto n' accusa l' amor ,
   Che per altri segreto mi scese
   Per le vie più cupe del cor.
Contes: Ami tu !

Elod: Negar nol sò .   .

Contes: Sconsigliata , che facesti !   .
  Palzo incenaia , abbatte , e strugge :
  Dal suo sdegno non potresti
  Isfuggir , tuo sangue Ei sugge.
  Il suo brando feritore ,
  Il suo braccio distruttore
  Il tuo amante svenerà ! .

Elod: Ei qual dritto su me tiene ,
  Sul mio cor , sull' alma mia ,
  Onde vuol fra le catene
  Me tener di sua follia ? .
  Se qualche onta mi farebbe
  Senza fiato Ei resterebbe
  Di mia mano morirà.

SCENA QUINTA

Palzo e dette

Palz : Olà qual ~~strepito~~
  Qual susurrio :
  Il mio nome , il nome mio
  Da voi sento calpestrar !

Contes: Niente , niente

Palz : Come niente ?

Contes: Nulla , nulla   .

Palz : Come nulla ?   Oh Dei !
  Parlate .   favellate .

Contes: Elodia .

Palz : Sì   .

Contes: Un altro oggetto

Palz : Possibile ! .

Contes: Il ver ti dissi . . .

Palz: Donna ! . . . Così disprezzi
Il cor , che a te donai ?
Così dell' amor mio
Giuoco ti prendi ?
Dunque non m' ingannai ,
Se palpitar ti vidi
Deh sazia il tuo furore
Empia , e m' uccidi !
Natura non potea
Darti di grazie più ,
Quando ti fece Dea
Del nostro cor quaggiù !
Eppur la leggiadria
Di vaga tua beltà
Divenne tirannia
Tempio d' iniquità ! (*piange*)

Contes: Non lagrimar buon Principe.
Gioja ti arriderà ;
Chè di Elodia quell' anima
Un dí si cangerà.
Ella a miei preghi cedere
Alfine pur dovrà ;
E le primizie renderti
D' ogni felicità.

Elod: Un sacrifizio simile
Invan si spererà ;
Chè questo core , e l' anima
Io l' ho donati già.
Nè alcun saprà rimuovermi
Da questa volontà ,

È di natura il vincolo ,
Che tal ragion mi dà.
Palz : Si sappia almen quell' empio ,
Che si t' accese ingrata ,
Strage io vo fare e scempio
Dell' alma sua malnata.
Gli vò strappar dal petto
Quel cor , che mi rubò.
Elod: Si : lo saprai nel Tempio :
Ha un portamento altiero :
È di virtù l' esempio :
È il primo Eroe e guerriero ,
Che i pari tuoi sovente
Sul campo debellò.
Palz : Iniqua . . . . . addio . . . . . . (parte)
Elod : E per sempre . . . . . . (via)
*Contes:*Che caso rio ! . (via)

SCENA SESTA

Ansalmo , ed Orsola.

*Ans:*Il villaggio in cui siam , sicuro asilo
Della pace rurale , ora è ricolmo
D'armi, e d'armati; e un susurrar vi sento.
D'amor ragiona alcuno. E tien diritto
.Fisso lo sguardo su Colei , che figlia
Orsola sai pur m' è ; che l' educai
Come l' agricoltor pianta n' educa.
Lunge dal fasto delle Corti , crebbe
In questo luogo , ove innocenza aleggia.
Ora a me par , che qualche uccel rapino
Col rostro suo e col maligno artiglio

Cerchi Virtute torrē a lei. Ma tremi!...
V' è Dio, che veglia d' innocenti al fianco:
Ed il suo braccio caldamente imploro,
Perchè non faccia del malvagio or esca
La più pura Colomba accetta a Lui!!..
Ors. Palzo sospira d' Elodia al nome :
Con premura la cerca. E tutta in Lei
Dice tenere l' anima rinchiusa.
Essa respinge l' amor suo con forza,
Nè prego val, nè ritrovato pianto,
E quei si adira e del rival dimanda :
Furiando talor prorompe in urli
Che sì mi fanno congelare il sangue.
Rimedio al mal se non si appone tosto]
Questa casa di Dio cangiar vedrassi
In fucina fatal per l' innocenza!......
Ans. Palzo mi vide qua or scorsa è un' ora.
Vecchio, mi disse, di stoltezza ingombro
Tu sol nel core di Elodia profondi
Sensi tiranni , e delicati il chiami?...
Involati!...e strappandomi tre volte
Nel Monistero comandò non porsi
Da me più il piede, e ne diè incarco ai
    suoi.
Ors. Libero sfogo Ei vuol. La tua presenza
Di grave peso gli è. Però v' è Dio
Tutor geloso di Elodia—Di Palzo
Il rimorso crudel, che l' ange sempre.
Ans. Si che v' è Dio per tutto
    Per tutto Ei muove e impera.
    E non incalza un flutto
    Nè riede si la sera ,

Che il suo voler no 'l faccia
Ch' Ei no 'l comandi almen.
Il Ciel quando minaccia
Ha la sua Legge in sen:
Ors. Dell' opre sue Tutore
Egli è dell' innocenza
Il divo suo valore
Adegua ogni potenza,
E fosse la più forte
Vacilla al suo voler.
Il fulmine di morte
Repente ei fa cader. (via)

SCENA SETTIMA

*Capanna diruta presso la quale sta il
Solitario seduto, ed immerso in una
profonda meditazione.*

Sol. Tu m' ami Elodia : ma tu non sai
Qual anima si asconde in sen. Più brutta
Più vile di calcato fango — Ahi ! . .
Rimorso eterno in me!...Queste spelonche
E l' aer muto, che mi gira intorno
E il moto di una fronda il mio peccato
Mi fan fischiar nel core! ... Scorrono i dì:
Gli anni ne fuggon pur ; e pur mi resta
Viva funesta ognor de' miei delitti
L' atroce rimembranza. Ne' bastano
Più lustri ancora ad estirparne il germe!
Carlo!... Infame Carlo!...I tuoi trasporti
I vizi tuoi ti dannan quà. Quà solo
Pianger potrai , ma invan , tue colpe orrende!

Quà solo , ove silenzio regna , or puoi
In mente richiamar dei falli tanti
La storia tutta. E meditar profondo
Sul grave peso , che da quelli emana !
Altre vittime brami? . . . . Altri trofei
Di turpe gloria? . . . E non ricordi iniquo
Di vergini piangenti e desolate
Afflitto stuol , che reclamava a folla
L' onor da te senza ragion rapito?. . . . . .
Or l' Angela ; che Dio creò si bella
Di fattezze , di core , e di virtute
Ardisci tu quale affamato lupo
Farne di te l' abbominevole esca? . . . .
Scellerato!! . . . . Innocente Elodia, fuggi,
Fuggi Carlo il crudel : ciò ti comanda
La natura da lui ben troppo offesa ;
E 'l Ciel, che tardi sa punir , ma forte !!

> Si apra la terra : ingojami
> Il viscer suo profondo:
> Un uomo così perfido
> Degno non è del Mondo :
> Ma sol nel nero baratro
> Suo seggio Ei può trovar !

Il Ciel , la terra , e l' aere
> Natura invendicata
> Crudo supplizio gridano
> Per l' anima infangata
> Di mille colpe orribili
> Cui stanno a straziar.

Deh ! venga presto il termine
> Di mia nefanda vita :
> Forza non ho bastevole

Ogni virtù è smarrita
Da me , per cui resistere
Al lampeggiar potrò
Della lor spada vindice ,
Che si mi spaventò
(*voce da dentro*)Calmati Carlo . . . . Calmati
Chè Dio ti perdonò !. . . .
Sol.   L' è ver ? . .   Sarà possibile !
(*voce*) Il nume l' ha già scritto.
Sol.   Carlo Ei perdona , l' empio ?
(*voce*) E Carlo , e il suo delitto.
Sol.   Ma sè tu sei qualche Angelo
Offriti al guardo mio !
(*voce*)Un Angel sono , un nunzio
Un messaggier di Dio.
Vorrei più dir , ma . . .
(*Carlo il vede salire in Cielo*)
Sol.   Ma fermati . . sparì   .
(*cade prosteso , ed in estasi*)

SCENA OTTAVA

GRAN SALA NEL MONISTERO DI UNDERLACH, CON
GIARDINO PREPARATO A FESTA.

Il Principe Palzo, Contessa Imberga, Elo-
dia , e Coro di Partigiani di Palzo.

Coro   Per quella parte e questa
Sorride la Natura :
Si celebra la festa
Di amabil Creatura ,
Che il Prence or ora al Tempio
Sua sposa menerà.

Ed Ella sembra mesta
In tanta ilarità.

Palz. Proseguite , proseguite
Dite , dite , dite , dite .

Coro Per quella parte e questa
Sorride la Natura :
Si celebra la festa
Di amabil Creatura
Che il Prence or ora al Tempio
Sua sposa menerà.
Ed Ella sembra mesta
In tanta ilarità.

Palz. (ad Elod.) Vi piace questo canto ?
(alla Contes.) A voi che cosa pare ?

Elod. Io non ci gusto tanto (con aria d'
indifferenza)

Contess. Va ben così l' affare.
Palz. L' altare è preparato ?
(alla Contes.) Il Sacerdote è quà ?
Contess. Ho tutto concertato ,
E nulla mancherà.

Palz. (ad Elod.) Che ne dite?...Che pensate?
La sposa chi sarà ?

Elod. Quel che dite , quel che fate
Sol da voi s' intenderà. (con indifferenza)

Palz. Mi vuoi far la semplicetta
Mi vuoi far la schizzinosa !
Non sei tu la mia diletta
La mia cara , la mia sposa ? . .
Eh va via! .. Ti sei impazzuta ,
Non rammenti nulla più.

Elod: Io non son la semplicetta :
Io non son la schizzinosa ,
Ma neppur la tua diletta
Io sarò ; nè la tua sposa.
Hai la testa tu perduta
Istancar vuoi mia virtù !

Contes: Non è niente , non è niente :
Nulla , nulla , nulla , nulla.
L' amor vostro si fervente (*a Palzo*)
Premio alfin ritroverà.
Ella scherza e si trastulla
Della vostra cecità.

Palz: Ah ! Contessa il mio decoro
No , non soffre inciviltà.

Elod : Io ritorno al mio lavoro
Per fuggir sua vanità (*via*)

Palz: La vedete ? . . . Come un toro
Sempre ferma ella si stà.
Per quel Nume , ch' io si adoro,
Punirò tanta empietà !

Contes: Caro Prence : Al nuovo sole
Questa scena finirà
O lo vuole , o non lo vuole
La sua mano vi darà.
Ciò comanda , chi ciò puole ,
Cosi voglio , e si farà.

Palz. Il mio cor che forte duole
Trovi almen qualche pietà !...(*via*)

SCENA NONA

ANGOLO REMOTO NEL' GIARDINO

Elodia ed il Solitario : indi Palzo , e tutti
sulla scena.

Sol : Elodia ? .   Tu piangi !
Elod : E come trattenere i miei singulti !
Immutabile è Palzo. E la Contessa
Forte si oppone al mio pensier, chè brama
Ch' io dessi a quello senza dritto il core.
Insidie molte mi si tendon sopra ;
E temo ancor , che l' irritato Palzo
Uso facendo del potere in lui
Osi per forza appiè l' altar condurmi,
Onde vantare di marito i dritti.
Or tu ben sai, che in mia difesa il Cielo
Veglia , e non altri. I miei parenti sono
Lunge da me. Padre non ho , nè alcuno
Che di Palzo affrontar l' ira si fida.
Quindi temer degg' io : quindi nel pianto
Il duol che m' ange mescolar per sempre
E vita amara viver fin che io viva ! .
Sol: E'l brando mio dov' è?.. Non veglia forse
L' amante tuo a te d' intorno, e attende
L' ora bramata , in cui l' iniquo ardisca
Usar con te la sua ferocia insana ?
Il sole ei meglio non veduto avesse
Vile ch'egli è ! .. Pel ferro mio quel sangue
A stille a stille io gli trarrò dal petto.
E in sacrificio , in olocausto a Pluto
L' anima sua darò. Crede riporre
Il suo valor nella sua gente armata ?

Ma tu non sai, che il rugginoso acciaro
Che mi pende dal lato, in Campo un giorno
Mille affrontò nemici, e mille a morte
Mise repente. E non satollo ancora
Di sangue e di vendetta iva frai boschi
A far di belve straziante caccia.
E Palzo temerà?   . Son cento Palzi
Un ombra, un fumo pel mio ferro, il credi!

    Farò dell' empio , sappialo
    Strazio , ruina , e morte :
    In un agon terribile
    Disfiderò la sorte
    Nel sangue di quel perfido
    Il ferro io laverò.
    Del core suo malefico
    Io pasto mi farò.

Elod: Mio salvatore or supplice
    A' piedi tuoi mi prostro:
Salva l' onore, salvami
Dall' ira di quel mostro.
Il Ciel compensa , munera
Questa opra di pietà ,
Il Cielo ardir superfluo
Al braccio tuo darà.

A 2.   O moriremo insieme ,
    O vita avrem serena :
    Una è la nostra speme,
    Una è la nostra pena,
    Uno l' ardor che ci agita,
    Una la sorte ognor :
    Il braccio men sollecito
    Destro lo rende amor.

(*Palzo inosservato nella scena*)
   Di cento smanie — la fiamma ardente
   Tutta quest' anima — nel petto sente ;
   E solo l' agita — forte furor.
Mi spinge un impeto — lo più straziante,
   Svenar quel perfido — vo in questo istante
   La benda orribile — m' ha mess' amor !
(*snuda il ferro , e sorte*)
   Miseri voi ! Dal ~~giusto~~ sdegno mio
   Chi torre vi potrà ? . . .
Sol : Sogni , o vaneggi tu ? Son quà pur io
   Il brando mio qui sta.
                (*snuda il ferro*)
Palz : Or del tuo orgoglio
   Ti pentirai ben tosto. (*si mette in guardia*)
Sol : Io millantar non soglio.
   A noi . . . (*si battono*)
Elod : Oh Dio! Fermatevi — me sol svenate!
Palz : Come resistere — puoi le stoccate ?
Sol : Come non cenere — sei fatto ancor!
Elod : Correte : dividete . . (*chiama gente*)
Sol : Morrai! ... (*insegue Palzo nella scena*)
Palz : Io ti resisto (*escono per la scena op-*
               posta combattendo)

Contess : ⎫
Ansel : ⎬ Fermate : olà fermate
Orsol : ⎭   Il luogo rispettate !
Sol : — (*nel veder gente s' invola*)
Contes : — (*a Palz :*) Che avvenne ?. Cosa fu ?.
Palz : — Un duello , e nulla più.
Ansel : ⎫
Orsol : ⎭ Perchè ? Perchè ? Perchè ?

Palz : — Per amor tradito e fè...
(*ad Elod :*) E tu di lui l' amante :
    D' un uomo ignoto in terra !
    Giuro pel Dio Tonante
    Ch' egli la pagherà ,
    L' audacia che in lui serra
    Da me si domerà.

Elod :   Insensato ! Ancor non sai
    Quanto ardire ha nelle vene ?
    Tu per me , che quà gridai
    Vivi ognora in verità.
    Ei valore in sè tal tiene
    Da punir temerità.

Contess :
Ansel :   Questa scena mi sgomenta :
Orsol :   Guerra solo amor qui fa :
    Ogni cosa mi spaventa
    A tragedia finirà.

Coro di donzelle e di contadini.
    Tolga il Ciel da questo lido
    Ogni male , ogni sventura.
    E vi faccia amico il nido
    Pace — amore in ogni età.
    Quà sol prodighi Natura
    Il suo fiato dì amistà !

FINE DEL PRIMO ATTO

ATTO SECONDO

SCENA PRIMA

CAMPAGNA

Conte di Norindall , e Soldati.

Conte Or or fra ceppi incatenato , e vinto
Palzo fellone al nostro Re trarremo.
Vigili siate ; ed ogni cenno mio
Ciascun di voi ad eseguir sia pronto ;
Chè troppo in core pel Sovrano or sento
L' impegno divampar. Ribelle è Palzo ;
E voi miei fidi. il conoscete a prova.
Cospirator fatto Ei le cento volte
Perdono ottenne , e non mertati allori.
I suoi delitti ognor , più non dan campo
A clemenza ; ma all' ira , che fervente
Agita tutti i petti , e li solleva.
Imberga la Contessa è pur colpita
Di fallo ugual – Ella seguace fatta
Del traditor del nostro Re , quà venne
A ragunare di ribelli un mucchio.
Paventino però del mio furore ,
E del vostro , che bene il veggio forte
Alimentar da voi sudditi fidi !!
    Amor di suddito
    Si senta fervere
    In alme nobili
    Bollente ognor.
  Il ferro impugnasi
    Si accentlan subito

I petti e struggano
Il traditòr.

   Coro di Soldati

Vedrà quell' empio
Come solleciti
Di lui lo scempio
Faremo or or.
Noi lo giuriamo:
Noi promettiamo
Ridurre in cenere
Il traditor.

SCENA SECONDA

Palzo da dentro, i suoi soldati, e detti

Palz: Morte a Palzo!....
Chi ardisce? Traditori!.... Un attentato
A me si fa cosi orrendo? Vili!....Io
Uso non sono a sopportar gli oltraggi ....
Soldati! Fidi miei!... Il tempo è questo
Di dar del vostro amor prova più bella

   Coro da dentro

Palzo regni: Palzo viva
Lo giuriamo: lo vogliamo

   Coro da fuori

Palzo mora - del suo capo
Dono al Re noi far dobbiamo.

(*I soldati si mettono sotto le armi. Il Conte di Norindall impugna il ferro*)
(*Palzo esce col ferro: i soldati si battono*)
Pal: Eccomi in campo
In pezzi vi farò. L'ira mi spinge
Miseri voi!.....,.

Cont: Ti arrendi traditor – Del mio Sovrano
    Un cenno quà mi trasse ; e nel suo nome
    L' armi depor t' impongo. E se resisti
    Vittima esangue a piedi miei cadrai.
Palz: Come si pugna al tuo Signor dirai.
Cont: Ebben   *(si battono : poco dopo*
                Palzo perde la spada) ·
    Tosto dell' error tuo ti pentirai.
    Cedimi alfin . .   .
Palz: Stelle *!!* . . . . *(si dà per vinto)*
      Cont: Soldati incatenatelo ,
      Nel carcere portatelo
      Ivi de' falli suoi
      La doglia sentirà.
     Palz: Palzo fra le catene !
      Ingiusti Numi irati.
      Colui che sulle arene
      Mille uomini atterri *!*
    Coro Per volontà de' Fati
      Il tuo valor sparì.
(Palzo è condotto fra le guardie incatenato)

SCENA TERZA

Sala nella Badia

Contessa Imberga , Elodia , Anselmo ,
       ed Orsola.

Contes : *(ad Elod.)* Sei contenta: sei placata
    Or che Palzo prigion' è ?
Elod : Io son tutta spaventata
    Dal timor , che serpe in me.
Ansel. Perchè Palzo ai ceppi andò ?

Orsol. Perchè mai s' imprigionò ?
Contes. Nulla nulla , io nulla so.
        Un giorno si funesto
        Da me mai si provò :
        Un duolo come questo
        Spiegare io non potrò.
        Tra due divisa è l' anima ,
        Fra rabbia ed amarezza ,
        Chi mai potrà per reggere
        Darmi tanta fermezza ? .
        In ogni istante sembrami
        Vedere un mal peggior.
Elod :   Fra due divisa è l' anima ,
        Tra pianto e tenerezza.
        Forza nón ho per reggere
        A tanta ria tristezza.
        Veggio una madre piangere :
        E mi si schianta il cor
Ansel :   } Mi gela il sangue — Toglimi
Orsol.   }   Buon Dio da tant' orror !

SGENA QUARTA

Il Conte , suoi soldati , e detti.

Cont : Contessa—Il mio e tuo Sovran comanda
        Che con Palzo te ancor fra duri ceppi
        Io conducessi — Ma io ho troppa stima
        Del rango tuo, onde a me basta il vanto
        Di rispettarlo ; e te recar là sciolta
        Libera come vuoi, e a tuo talento.
Contess : Obbedisco . . . . (*impallidisce*)
Elod : Signor! Se alma tu chiudi in petto bella ,

Come nel viso sua beltà traluce,
Rendi la madre a me — Del tuo Sovrano
L' ira per lei ad acchetar ti affretta
E perdono le ottien, chè ben tu 'l puoi.
Che se più voci di frammisto pianto
Ei bramasse, o Signor, me sòl conduci
Appo il suo Trono, e 'l placherò ben io.
Amor di madre schiuderammi il labbro.
E se inesperto fora, la brillante
Idea di sua salvezza, esperto il rende.

    Come nocchier fra l' onde,
       Che mica si confonde
       Vicino a naufragar.
    E trova nel periglio
       Col. franto suo naviglio
       Un porto in mezzo al mar.
    Così fra 'l pianto e 'l duolo
       Potrò qualche consuolo
       Dal mio Sovran sperar.

Cont.   Figlia ! Rasciuga il pianto
       Sull' umido tuo ciglio :
       È gloria mia, mio vanto
       Cedere al tuo voler.
       Di madre io pur fui figlio
       Mi è dolce un tal pensier !
    Del mio Sovran lo sdegno
       Io placherò per te :
       Coronerà l' impegno
       Tutto l' ardor che è in me :
       Ti renderò bell' Angela
       Il pegno di tua fe!

Elod:
Contess.
Ansel: } Che sentimenti nobili
Orsol: } Pensieri delicati !
} Ha l'alma, il cor magnanimi
Di ogni virtute ornati :
Eroe che a lui si assimili
Non v'è, ne' mai si diè. (*viano*)

SCENA QUINTA

GIARDINO

Il Solitario, ed il Conte, che s'incontrano venendo da scene opposte.

Sol. Erberto ! ! ! . . .
Cont. Carlo ! . . . Amico ! .   . Abbraccia-
mi ... (*si abbracciano e si baciano*)
Sol: Oh qual piacer che io provo !   . .
Qual soave piacere ! Io nol comprendo !
In Underlach tu ! Oh Dio ! Mancano
Gli accenti al labro mio, nè so, nè posso
Tutta ~~manifestar~~ quella che sento
Idea di contento ! . . . (*con tenerezza*)
Cont. Carlo !
Illustre amico , e sventurato assai !
Tu sai quanto io ti amai ,
E quanto ti amo ancor :
Per te , per te versai
Lagrime di dolor. Or ti riveggio :
Io sogno , o pur vaneggio !
Fosse l'illusion ! . . . No: Carlo tu sei
Non s'ingannar giammai gli affetti miei !

A 2. {

Quel che provo, quel che sento
Non è gioja, nè contento,
Non è calma, nè sorriso;
Gusto sol del Paradiso
Tutto il fuoco animator.
Questo core è in due diviso
Fra amistade, e fra l' amor!

Sol: Erberto: fratello di armi, qual mai
Incarco quà ti trasse?
Cont: Un cenno del mio Re: Palzo tiranno,
Sol: E Palzo?   . .
Cont: Tra crudi ceppi sta. Ribelle reso
Del mio Signore, io prigioniero il feci.
Sol: Oh gioja! . . . . .
Indicibile gioja! Amico ignori,
Che Palzo di mia man spirar dovea?
Ei torre mi volea
L' Angela del mio cor. Delle sventure
Unico mio conforto, e mio diletto.
Forte sentia nel petto
L' iniquo per colei amor non puro.
Arso di rabbia allora il sfido a morte.
Nel paragon la sorte
Proprizia a lui ne fu. Dal mio furore
Si trasse in un baleno il traditore!
Cont: Avvinto di catene al nuovo Sole
Al Re d' innanzi il condurrò. Là poi
La pena pagherà dei suoi delitti.
Solit. Sia lode al Ciel!
Cont: Imberga fra catene ancor dovea
Io trascinar. Ma il pianto di Elodia

  -Mi fè tanta pietà. Quindi m' indussi
  Per essa sol delle catene il peso
  A Imberga risparmiar.
    Chi vedea quell' innocente
     Così mesta , sì gemente
     Si sentia schiantare il cor.

Solit : Ben facesti : io ti son grato.
    Del suo duol son rattristato
    Sappi è quella il mio tesor.

Cont. Elodia è la tua amante !
    Grazie rendo a quell' istante
    Che sue lagrime asciugò.

Solit : Si : colei è del mio core
    Pura pace , e puro amore.
    È colei , che il mio tormento
    In un momento dileguò.
    È colei , che il mio dolore
    Il mio affanno mitigò.

Cont. Dimmi , dimmi come in questo
    Abituro si funesto
    L' alma tua si tranquillò ?

Solit : Tra l' orror della foresta
    Trova spesso un' alma mesta
    Il conforto , che sperò.

Cont : Dunque brami sempre in questa
    Melanconica foresta
    I tuo giorni lagrimar ?

Solit : Si : lo bramo : il mio delitto
    Questo asilo m' ha prescritto
    E qua deggio sospirar.

Cont : Io t' invidio - La tua sorte
    Non ha seggio nella Corte . . . .

Solit: E tu vuoi ? . . . .
Cont : I giorni tuoi . . . . .
Solit: No, che un' anima innocente
    Sente il peso di sciagura
    In un punto di Natura,
    Che colpisce l' empietà.
    Riedi tosto sul sentiero
    Della gloria tua sì bella.
    Vivi pur, vivi fra quella
    Alla tarda e lunga età.
    Me sol lascia col pensiero
    Dell' enorme iniquità.
Cont :   Caro è all' Uom, che sente in core
    Di amistade la sventura
    Di dividere il dolore
    Qual due alme istesso amor.
    Questa è Legge di Natura;
    Questo è voto del mio cor. (*viano*)

SCENA SESTA

*Il Principe di Palzo, che è fuggito dalle
prigioni, suoi soldati, Montanari
armati, e Coro di partigiani.*

Coro   Salvo sei : Signor siam pronti
    A versare il nostro sangue :
    Nostri sono i vostri affronti,
    Che giuriamo vendicar.
    L' inimico a brani, esangue
    Si farà dal nostro acciàr.
Palz: Bella m' arrise la fortuna : Or sfido
    Me medesmo ancora. Se iniqua sorte
    Nel paragon dell' armi un dì rubella

Mi si mostrò : più dubitar non posso
Del mio trionfo ognor. Son cento Erberti
Un nulla innanzi a me. Dei suoi soldati
Poco mi cale l' agguerrito zelo.
Non più fra ceppi è Palzo. Acciar forbito
Ei stringe fra la man. Ei serra in petto
Ardir bastante d' iscontrar chi osasse
Opporre a lui ostili l' armi , e fere.
E tu donna crudel, che del mio core
Ributtasti sovente il puro affetto
Trema, trema del mio rigor. Or chiama,
Chiama in soccorso tuo quell' uomo ignoto
E vile Uom . . .
Elod : Vile sei tu , che su femineo sesso
Trofei di gloria innalzi , e di spavento.
Credi tu forse di atterrir quest' alma ,
Acciò si renda tributaria tua ? . .
Lunge dal ver sei tu. Ferma virtute
Serba Elodia nel core , onde non teme,
Nè te , nè l' armi tue , nè le tue genti
Che anime vili , come te , son esse! ...
Palz : Insulti a insulti aggiungi ognor. Più forte
Incalzi e di caten sei carca ? Folle !
Ma più folle io, che ai detti tuoi dò retta.
Meco verrai nel Tempio. Ivi la mano
O brami, o no dar mi dovrai per forza.
Ove ragion non val poter sottentri.
E già ben vedi, che dipendi tutta
Dal cenno mio. Mia prigioniera e serva
Donna sei tu. Ogni diritto è in me. Tutta
Tengo io la facoltà di averti ; e 'l posso;
Anzi il farò fra non tanti altri istanti.

Elod. Di svenarmi crudel , di farmi a brani
Grave poter hai tu. Ma sul mio core
Non hai ragione d' imperar , ti accerta.
Che se per violenze e per raggiri
Credi espugnar la mia virtù , t' inganni.
Immutabil son io. E fu quest' alma
Ferma fra lutte di ferocia sempre.
Al Tempio estinta un' Elodia potrai
Empio recar; ma viva, assai t' illudi!..
 Pria morir che darmi vinta
  Ti prometto snaturato :
  Mi vedrai nel Tempio estinta
  Su ferètro di dolor.
  E da spettro insanguinato
  Sarò tuo tormentator.
Palz: Se minacci , se deliri
  Vaga più , più bella sei ;
  E se piangi , i tuoi sospiri
  Han la forza d' incantar.
  Deh *!* t' arrendi ai preghi miei
  Il mio amor non isdegnar*!*
     (*con affetto*)

SCENA SETTIMA

Solitario, Conte di Norindall, suoi soldati,
e Coro di partigiani. Coro da dentro.

 Mora Palzo. E la sua morte
  Sia di esempio ai suoi seguaci.
  L' armi nostre al par di faci
  Qua si veggan lampeggiar.

Cord da·dentro Palzo viva. E l' inimico
Ai suoi piedi sia prostrato,
Tanto giura ogni soldato
Ciò promette ogni Guerrier.
Palz : A torme, a torme o perfidi
Palzo vi attende e sfida.
L' ultime vostre grida
Saran di morte.
Non pugnerà la Sorte,
Ma solo il mio valore:
Ma sol del mio furore
Vittime or siete.
Di sangue ho brama e sete
Di sangue solo   .
(*Conte e Solitario escono. I soldati si met-
tono in guardia*)
Cont. Affrena i tuoi deliri.
Gli ultimi tuoi sospiri
Saran di morte.
Trista sarà tua sorte
Insulso è il tuo valore :
Sarai, o traditore
Vittima mia. (*in guardia*)
Solit : Un uom, che a te fu ignoto
Or viene a sciorre il voto,
Voto di morte.
Grata m' è pur la sorte
Pugnar col tuo valore,
Rendimi traditore
Colei, che è mia. (*addita Elodia*)
Palz : Vittima mia primiera
Questa ne sia. (*va per ferire Elodia*)

Elod : Ahi ! . . (*schiva il colpo*)
Solit : Tiranno ! . . . Traditor ! . . . Svena me
   pria (*disperato*)
  (*Il Conte assale Palzo. Ed Elodia*
fugge da mezzo alle guardie. I soldati si
battono. Palzo, Conte e Solitario si battono
pure.
Cont : (*a Palzo*) Morrai ! . . . Stelle ! . . .
   Son ferito. (*cade*)
Palz : (*al Solit.*) Tu pur di lui ugual de-
   stin ti avrai . .
Solit : (*a Palzo*) Vittima a piedi miei or
   rimarrai (*ferisce mortalmente Palzo.*)
Palz : Numi !! . . Io man . . . co ! . . Io
   spi . . . ro ! (*muore*)
Contes : Palzo ! . . Palzo ! . .
   Oh Dio !   mori !   . (*cade*
      sul suo cadavere*)
(*Anselmo ed Orsola restano spaventati. Il*
 Solitario fugge con Elodia)

FINE DELL' ATTO SECONDO

ATTO TERZO
SCENA PRIMA
Sala

Conte, Anselmo , Orsola Coro di Donzelle

Ans : Conte : la tua ferita ? (*con tenerezza*)
Cont : Alquanto s' è guarita
Ors : E di Elodia novella
   Alcuno ancor non dà ,

Misera Verginella
Troppo mi fa pietà!
Ans : Pietoso Ciel proteggi
Quell' anima innocente!
I passi suoi Tu reggi :
Tu le conforta il cor ;
Nè sia di alcun vivente
Quell' illibato fior.
Cont : Non vi tormenti amici
Alcun pensier per lei.
Aure godrà felici
Presso di nobil cor :
Appo colui , che bei
Fiati sol ha di amor.
Ans : Dunque la fu rapita . .
Cont : Da quei , che le diè vita ,
Che le salvò l' onor.
Da quei , che ognor l' invita
Al Santo , al puro Amor!
Coro Tramontato è già l' astro. La Valle
Più non veste del prisco splendor.
Qua la notte sol regna. Ogni calle
Fere il guardo di vivo terror!

SCENA SECONDA

DIRUTA CAPANNA DEL SOLITARIO

*Elodia , che legge uno scritto nel quale stà
la vita di Carlo il Temerario.*

Elod. Aimè misera ! ! ! . . .
Al guardo mio quai note ! Oh quali accenti!..
Ei . . . io gelo ! oh quai momenti !
Ei . . . ei del padre mio il sangue sparse !

E brama la mia man *!* Mi chiede amore *!*
Empio *!* . . . Infame *!* . . . Seduttore *!*
(*fuori senno*)
Ov' è ? . . Io voglio svellergli
Da cardini quel core
Salda , com' Ei nel rendere
La morte al genitore *!*
Gli vo strappar quell' anima
Così nefanda affè.
Ombra sdegnata placati
Ombra del padre mio ,
Chè vendicata , sappialo
Or ti farò ben io.
E pura come un Angelo
Mi stringerò con te *!*
SCENA TERZA
Solitario e detta

Solit : Risolvesti .
Elod: Sì . . (*con sdegno*)
Solit : Ma sembri *!* (*con dolcezza*)
Elod: Una furia .
Solit : Oh Ciel *!* . . Che fu ?
Elod: E 'l chiedi ? L' ignori ?
Barbaro . . .
Solit : Io *!* . . Io nulla ignoro ;
Nè ignorar tu 'l puoi :
Uccidimi , se vuoi ;
Ma non straziarmi più .
Elod : Involati — Natura
Per sempre ci divide *!* .
Un padre chi mi uccide
Potrà serbar virtù ?

Vorrà quel traditore
 Chieder la figlia in dono
 All' ombra, al genitore
 Svenato dal-suo acciar?
 Rispondi: il mio perdono
 Empio tu puoi mertar?

Solit: Il ferro, che tu miri
 Nel sangue suo non scese.
 Ombra, se quì t' aggiri
 Parla tu a lei per me!
 Tu dille i miei martiri,
 Che stanno in cor per te!

Non io, ma-cieca gente
 T' uccise il genitore:
 Quest' anima è innocente
 D' un fallo sì crudel.
 Il giuro per l' amore
 Che tu protesti al Ciel.

Elod: Ma se così stà scritto
 Nel libro tuo fatale

Solit: Diverso è il mio delitto.
 Avai tu letto male.

Elod: Come! . .

Solit: Io scrissi: me presente
 Il Padre tuo moria,
 Trafitto crudelmente
 Da barbara genìa,
 Che stolta in lui credette
 Punire un traditor.
 Da me non si potette
 Por tregua al suo furor.

Elod: (*rilegge*) Dunque innocente sei?..

Solit: Il giuro, e giurerei
    Mille altre volte ancor.
Elod: E posso senza macchia
    Tornare al prisco amor?
Solit: Ben lo puoi — Il cor ti rendo
    Di quel fallo inver straniero
    Da quel fallo il mio pensiero
    Fu lontano, come il cor.
    E sa Dio il mio tormento,
    Che ognor vivo in me già sento
    Pel tuo morto genitor.
Elod: S' è così torniamo amici,
    Io già scordo ogni delitto:
    S' è così riprendi il dritto
    Che tu vanti sul mio cor.
    E nell' ara a sciorre il voto
    Il mio spirto a te devoto
    Va sui vanni dell' amor.

    Ivi il foco amore incenda
    Come soffiio una scintilla,
    E da noi impari, apprenda
    Ogni Spirito ad amar,
    Ivi l' Astro, che sfavilla
    Faccia l' ara lumeggiar.
A 2.   E colà l' estremo giuro
    Si pronunzî in un baleno.
    Elodia ⟩ ti rassicuro
    Carlo ⟩ ognor .
    Del mio amore, di mia fè.
    Ogni dì sarà sereno,
    Pur che il vivo accanto a te!
        (*con affetto viano*)

SCENA QUARTA

Sala nella Badia

Anselmo ed Orsola

Ansel. Orsola : sarà ver ? .

Ors.   Sì : Elodia è fra noi
          E seco è un Uomo ,
          Che al portamento sembra
          Il Solitario .

Ansel. Oh me felice ! . . . .

SCENA QUINTA

Elodia e detti : indi il Solitario

Elod : Padre ! . . Oh padre mio ! (*bacia*
          la mano ad Anselmo in ginocchio)

Ansel. Alzati !...Del mio cor, del mio pensiero
          Unica cura , unica speme mia !

Elod. Orsola : vieni al mio seno (*si abbrac-*
                              ciano con affetto)

Orsol. Oh gioja ! . .

Sol : Anselmo : mi riconosci tu ?

Ansel : Ben ti ravviso !
          Quel Nume sei, che a prodigar si pronta
          Stendi la mano agl' infelici oppressi.
          I tuoi prodigî stessi
          Parlan di te , dell' opre tue sì belle . . .

Sol : E pensi   .

Ansel : Che Nume sei più che mortale in terra..

Sol : T' inganni   .
          Un proscritto son io : un' uom, che gli anni
          Visse fra colpe, e fra delitti orrendi !...
          Apostata d' onore. E di superbia
          Nido feral : in somma un empio,
          Un maledetto : uno spergiuro, infame !!! ..

Ansel. (*spaventato*) E sei   . .
Sol. Tosto il saprai .   (*via*)
Ansel. Gelo d' orror !   . . .
Elod : Ei mi salvò l' onore
    Quando quel traditore
    Tor me 'l volea.
    Ei m' adorò qual Dea
    Angela mi chiamò.
    E forte in cor piangea ,
    E forte ei lagrimò.
Ans: Dunque egli è ? . . .
Elod: Un Prence adorato ,
    Un core gentile ,
    Di modi garbato
    Di tratto si umile
    Che bene il diresti
    Sovrano quaggiù.
   Promisi d' amarlo
    Il merta il suo core ,
    Mio sposo vo farlo
    Me 'l detta l' onore ,
    Che forte difese
    Con zelo e virtù.
Ans: Adoro il pensiero ,
    Che serbi geloso ,
    Ma un' Uomo straniero
    Menarlo tuo sposo
    Sarebbe consiglio
    Di poca virtù !
Elod: Dell' Uomo , che adoro
    Conosco i natali.
    È quello un tesoro

Fra tutt' i mortali.
Più dir ti vorrei ,
Ma taccio il di più.

Ans: Seconda il tuo voto ,
Che troppo rispetto.
Conosco , m' è noto
Che cosa è l' affetto ,
Che a vincerlo è vana
La stessa virtù. (*viano*)

SCENA SESTA

Solitario e Conte di Norindall

Solit: Sei Salvo Érberto; e par che sogno ancora,
Vittima ti credea di quel ribaldo.
Io più non vidi te : ma nel trambusto
Il mio furor sol vidi , e Palzo e morte!
Cont. La Dio mercè già son guarito affatto...
Solit. Oh qual gioja in un' istante !
Qual piacere ! Oh qual delizia !
Son fra due – Fra degn' amante
E fra tenera amicizia.
Tu buon Dio non distaccarmi
Mai da lor non separarmi
Questo è il voto del mio cor.
Cont: Carlo : amico ... un' altro amplesso
Io ti chieggo , e movo altrove.
Il mio duol nel volto espresso
D' amistà ti dia le prove;
Ma da te nel congedarmi
Troppo pianto può costarmi
Forte impulso di dolor, *(si abbracciano*
e viano)

SCENA SETTIMA

Contessa ed Elodia.

Contes: Tu sul suolo di sangue bagnato
Ergi un' ara di festa foriera ?
Su d' un petto, d' un core squarciato,
Su d' un' ombra, ch' è pallida e nera
Dai la mano a quell' uomo, che polve
Fece un Prence si caro a virtù ?

Elod: Dolce madre, chè tale t' estimo
Mi perdona, secondo il mio core.
Tu non vedi nel fondo, nell' imo
Del mio seno, che chiude l' ardore
Per un' Uomo, cui nullo pareggia
Per un Uomo, che rege un dì fù.

Contes. Troppo ingrata   sconoscente
Io ti veggo all' amor mio.
Tu sei fredda, sei negghiente
Niente cara a te son io,
Non rammenti, che fra ceppi
Io fra poco andar dovrò ?

Elod : Io sarò nel tuo viaggio
Tua compagna indivisibile,
Pregherò per te quel saggio
Sì quel Prence assai sensibile.
A' suoi piè la tua salvezza
Cara Madre implorerò.

Contes: E vuoi pria ?
Elod : La destra mia
Al mio bene in pegno dar . . . .
Cont: Proprizio il Ciel ti sia ! . .
Elod: Rechiamoci all' Altar. (*viano*)

SCENA ULTIMA

ALTARE NEL TEMPIO TUTTO ILLUMINATO,
PERCHÈ DEBBE CELEBRARSI IL MATRIMONIO.
*Anselmo, Elodia da Sposa, Carlo, Erberto
Contessa, Orsola, Coro di Contadini
e di Donzelle.*

Coro L' alba amica a noi ritorna
    Come rondine al suo nido.
    Qua si ferma e qua soggiorna
    Col suo carro infiammator.
    Nella Valle echeggia un grido
    Sol di pace , e sol d' amor.
    La Colomba all' ara avvanza
    Il suo piè per dar la mano
    Ad un Uom , che la speranza
    Fu di tutti in grembo al mal ;
    Che stendè dal Colle al piano
    La sua destra prodigal.

Ansel: Figli — del sacro rito
    Il peso in cor sentite :
    Al santo , al grave invito
    Tremate — inorridite !
    Giurate , che bramate
    Unirvi alla Virtù.

Elod: (*in ginocchio*) Io giuro innanzi a Dio,
    Che scruta· ogn' intelletto ,
    Che a te fedel son io (*a Carlo*)
    E ad ogni suo precetto
    Dettato — registrato
    Dal dito suo quaggiù. (*con devozione*)

Carl: (*in ginocchio*) E Carlo il Temerario
    Al Nume , e ad Elodia,

In questo Santuario
Giura obbedienza, e amor.
E questo voto fia
L'estremo pel mio cor. *(con devozione)*
Ansel: (*inorridito*) Carlo! ... Il Temerario!...
Tu di Borgogna il Rege!
Colui, che di ogni Legge
Conculcator si fè!!...
E in questo Santuario
Empio ponesti il piè?
Carl: Anselmo: i detti tuoi
Fanno gelarmi affè!
Ansel. (*in ginocchio*)
Gran Dio il fine affretta
D'un empio seduttore!
Vibra la tua Saetta
Sul capo suo crudel;
E di Elodia quel core
Puro richiama in Ciel!
(*Nel profferir queste parole compariscono i lampi, e tuoni. Il Tempio crolla; e tutti gridano per lo spavento Elodia cade in deliquio. Erberto la sostiene.*)
Carl: Oh vista!!...
Elodia!...Erberto!...Ove son io?...
Deh placati buon Dio!
E se sdegnato sei
I soli falli miei
Punisci: il merto... (*disperato*)
Ansel: Degl' innocenti cura
Signor deh! prendi.
Buon Dio, sospendi
Il tuo rigor.
Sol l'empio atterri

Il tuo furor. (*cessano i lampi*)

Elod: Carlo!...Erberto!...io man..co ...

Vi ... lascio ..e me..co..por..to..

Il mi.o.do.lo.re. (*muore*)

Contes. Spirò ! ! ! . . (*piange*)

Ors.　Qual morte ! ! !

Ansel. Qual sorte ! ! ! ... } piangono {

Erber: Io son di gelo ! ! !

Car: (*abbraccia Elodia sul suolo, e piange amara-*
mente. Tutti gli fan corona)

Ombra diletta aspettami .

Fra poco ci vedremo !

Ancor che nudi spiriti

Pur ci ravviseremo.

È questa la speranza ,

Che dona più costanza

All' anima , che lascia

Un frale , in cui soffri ! .

Sotto cipressi funebri

La fossa io scaverò.

Di affettuose lagrime

Sempre l' irrigherò.

Mi ti starò d' allato

Ti animerò col fiato ,

Con l' ultimo sospiro

Ti chiamerò così

— Angela bella accoglimi :

— La vita mia finì !

Coro Della beltà sul fiore

La morte s' invaghi.

Col ferro struggitore

Oh Dio ce la rapì ! . .

F I N E.